Transforme seu Guarda-Roupa

Laura Torres

Ciranda Cultural

Editora: Eve Marleau
Designer: Lisa Peacock
Fotógrafo: Simon Pask

© 2010 QED Publishing

© 2011 desta edição:
Ciranda Cultural Editora e Distribuidora Ltda.
Rua Frederico Bacchin Neto, 140 – cj. 06
Parque dos Príncipes – 05396-100
São Paulo – SP – Brasil
Direção geral Clécia Aragão Buchweitz
Coordenação editorial Jarbas C. Cerino
Assistente editorial Elisângela da Silva
Tradução Janaina L. Andreani Higashi
Preparação Michele de Souza Lima
Revisão Adriana de Sousa Lima e Brenda Rosana S. Gomes
Diagramação Evelyn Rodrigues do Prado

1ª Edição
www.cirandacultural.com.br

Sumário

Materiais

Seu guarda-roupa está cheio de meias e camisetas brancas? A solução está aqui. Com poucos materiais e algumas dicas de artesanato, você pode transformar itens do seu guarda-roupa em trabalhos de arte incríveis.

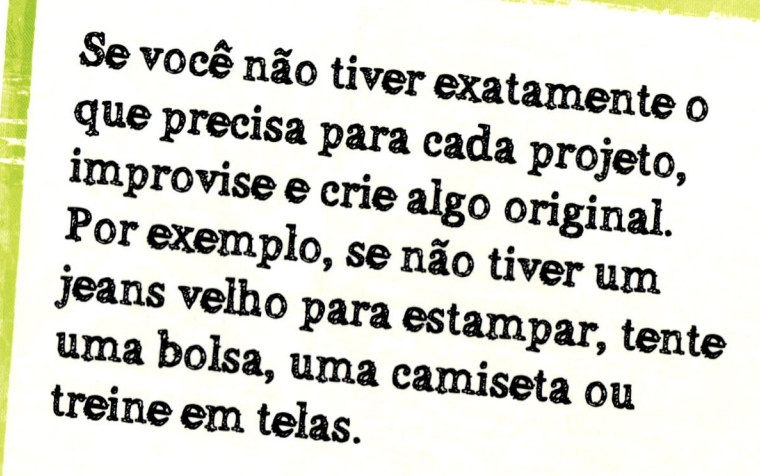

Se você não tiver exatamente o que precisa para cada projeto, improvise e crie algo original. Por exemplo, se não tiver um jeans velho para estampar, tente uma bolsa, uma camiseta ou treine em telas.

CUIDADO

Nas páginas nas quais vir este símbolo, peça ajuda a um adulto.

Aqui estão alguns dos itens de que você vai precisar para os projetos:

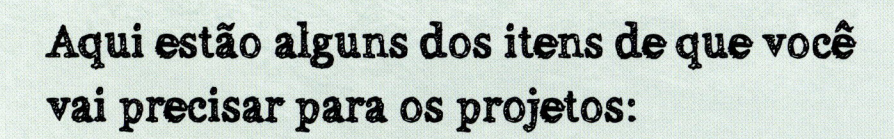

Massa de modelar (à base de polímero) — Essa é uma maneira divertida de fazer todo tipo de conta. Você pode misturar massas de diferentes cores, depois, asse de acordo com as instruções da embalagem.

Linha para bordar — Vem em diversas cores. A linha tradicional é feita de seis ou mais fibras. Também pode ser encontrada em novelos. De qualquer jeito, são ótimas para os projetos deste livro.

Fita — Utilize fitas coloridas. Você pode usar uma cor apenas ou várias cores em um mesmo projeto. Use a sua criatividade!

Cola — Se um projeto necessita de cola, você pode usar qualquer uma que tiver em casa. A cola branca é padrão, diferente da usada para trabalhos artesanais, que é espessa e não espalha facilmente.

Lembre-se:
Toda vez que for executar um projeto, certifique-se de que a superfície em que irá trabalhar esteja protegida com jornal ou plástico de fácil limpeza.

Customizando meias

VOCÊ VAI PRECISAR DE:
- Meias brancas
- Tinta para tingir
- Água
- Tigela de plástico
- Elásticos
- Luvas de borracha
- Colher de plástico
- Saquinhos plásticos

CUIDADO

Meias brancas simples ganham um novo visual com esta técnica de tingimento. Traga diversão para os seus pés!

Por que não usar um rosa brilhante para destacar suas meias?

1º Passo

Cubra a área de trabalho com sacos plásticos. Prepare a tinta para tingir na tigela de acordo com as instruções da embalagem.

2º Passo

Despeje água sobre as meias e torça-as. Amarre, com elásticos, várias partes das meias.

3º Passo

Coloque as meias na tinta, usando a colher de plástico para mergulhá-las por completo.

4º Passo

Deixe as meias na tinta por aproximadamente meia hora, mexendo-as de vez em quando com a colher.

5º Passo

Usando as luvas, retire as meias da tinta e enxágue-as até que a água saia clara. Retire os elásticos e deixe as meias secarem sobre os sacos plásticos.

Pulseirinhas

Esta tradicional pulseira de nós ganhou um visual novo. Você pode fazer uma porção delas rapidinho!

Por que não fazer uma pulseira com as cores do seu time?

1º Passo

Corte três novelos de cada cor com aproximadamente 60 centímetros cada. Você terá seis novelos.

2º Passo

Amarre-os, fazendo um nó, com aproximadamente 4 centímetros da ponta.

3º Passo

Prenda a ponta com o nó numa prancheta.

4º Passo

Puxe uma linha. Faça um nó ao redor das outras. Repita dez vezes. Repita várias vezes com cada linha.

5º Passo

Repita até a pulseira servir no seu pulso. Faça um nó em cada extremidade e depois amarre.

Cinto de elásticos

Faça um divertido cinto com elásticos coloridos. Você pode fazer um cinto com cores coordenadas para combinar com cada uma de suas calças!

Tente acrescentar contas ao cinto para um efeito moderno e brilhante.

1º Passo

Amarre um elástico no outro bem firme, como mostra a figura.

2º Passo

Passe uma conta por um elástico. Continue amarrando e passando as contas até o cinto servir em sua cintura.

3º Passo

Usando um pedaço pequeno de linha, prenda um botão ao elástico.

4º Passo

Coloque o cinto entre o passador das calças e passe o botão no último elástico.

Pulseira de contas

VOCÊ VAI PRECISAR DE:
- Duas cores de massa de modelar
- Faca
- Palito de dentes
- Palito de churrasco
- Tábua pequena
- Cordão

CUIDADO

É fácil preparar e assar suas próprias contas de massa de modelar e criar estilosas pulseiras. Você pode encontrar essa massinha em lojas de artesanato.

1º Passo

Faça uma salsicha fininha com cada uma das duas cores. Torça as duas juntas.

Use tons de verde, azul e cinza para um visual camuflado.

2º Passo

Pressione o torcidinho até que as cores fiquem misturadas. Se misturarem demais, resultarão em uma cor sólida.

3º Passo

Corte uma parte dessa massinha misturada e enrole, formando uma bolinha ou um tubinho para fazer a conta.

4º Passo

Faça um furo na conta com o palito de dentes e coloque-a atravessada sobre a parte superior da assadeira que está sobre a tábua. Asse de acordo com as instruções da embalagem.

5º Passo

Quando a conta estiver fria, passe-a pelo cordão e faça um nó em um dos lados. Amarre as pontas para fazer a pulseira.

Cadarços coloridos

Dê um toque especial ao seu tênis com estes cadarços coloridos. Tudo de que precisa é um pouco de linha para bordar bem colorida.

1º Passo

Corte três pedaços de linha, uma de cada cor, com aproximadamente 1 metro de comprimento.

2º Passo

Junte as linhas e faça um nó no fim, deixando uma sobra de aproximadamente 3 centímetros de comprimento.

3º Passo

Prenda o conjunto pela ponta com uma tachinha sobre uma superfície firme. Mantenha as três linhas bem juntas. Depois, trance-as.

4º Passo

Faça um nó no fim, deixando uma sobra de pelo menos 3 centímetros. Solte a extremidade oposta.

5º Passo

Corte um pedaço de fita isolante, depois passe em cada extremidade da trança. Faça outro cadarço e amarre seu tênis!

Use tons de rosa e amarelo para um visual alegre!

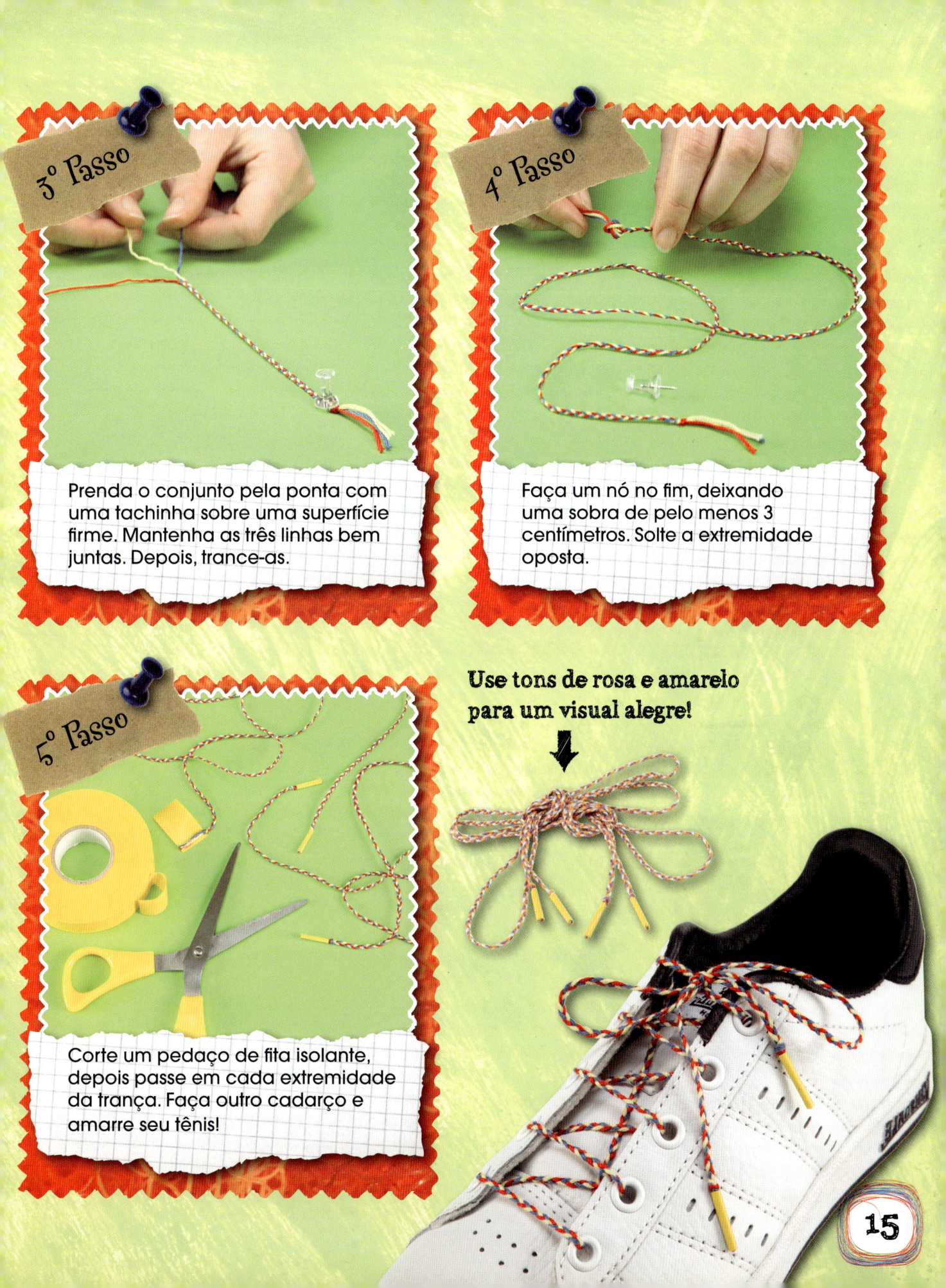

Cachecol de tiras

VOCÊ VAI PRECISAR DE:
- Camiseta velha
- Tesoura

Não jogue fora suas camisetas velhas. Você pode facilmente transformá-las em divertidos e modernos cachecóis!

Faça muitos nós no seu cachecol para um visual rock!

1º Passo

Estique a camiseta sobre uma superfície lisa. Corte a barra. Corte a camiseta em tiras horizontais, com aproximadamente 5 centímetros de largura.

2º Passo

Corte cada tira, abrindo-as. Se sua camiseta tiver costuras laterais, corte aos lados da costura, e jogue fora.

3º Passo

Puxe cada tira, esticando-as o máximo que puder. As pontas irão virar para dentro.

4º Passo

Junte todas as tiras e faça um nó no centro.

5º Passo

Trance as tiras ou deixe-as soltas. Use o cachecol com o nó atrás de seu pescoço.

Camiseta personalizada

Usando cola e tinta para tecido, você pode criar um visual único para uma camiseta.

➡ Faça uma estampa florida, criando um visual alegre e divertido!

1º Passo

Faça sua estampa em um papel. Corte o papelão para caber dentro da camiseta – isso impede que a cola e a tinta manchem a parte de trás.

2º Passo

Desenhe sua estampa na camiseta com a cola. Deixe secar completamente.

3º Passo

Coloque um pouco de tinta numa folha de papel alumínio. Mergulhe a esponja na tinta e encoste-a no alumínio.

4º Passo

Bata a esponja sobre todo o desenho, certificando-se de cobrir toda a área ao redor da cola. Deixe secar de um dia para outro.

5º Passo

Mergulhe a camiseta em água por aproximadamente 5 minutos, até amolecer a cola, facilitando sua remoção.

Sacola de tecido

Com noções básicas de costura, você pode transformar uma velha camiseta em uma sacola para carregar itens leves. Não se esqueça de pedir a ajuda de um adulto, pois as agulhas afiadas podem machucar.

Incremente sua sacola de camiseta, pintando uma estampa com tinta para tecido.

1º Passo

Recorte um retângulo da frente da camiseta, e outro das costas.

2º Passo

Coloque os retângulos com a estampa para o lado de dentro e junte as partes com o alfinete. Costure um lado dos retângulos.

3º Passo

Abra os retângulos e dobre em aproximadamente 5 centímetros a parte de cima. Prenda um alfinete e costure a parte dobrada rente à barra.

4º Passo

Junte os retângulos novamente com um alfinete. Costure a parte de baixo e o outro lado.

5º Passo

Corte a fita do tamanho desejado. Prenda cada ponta aos lados da sacola com alfinete. Costure. Vire a sacola do lado direito.

Pingente

Se você tem peças de jogos de tabuleiro antigos, pode fazer um pingente muito legal.

VOCÊ VAI PRECISAR DE:

- Peça de jogo de tabuleiro ou dominó pequeno
- Figura em papel ou tecido
- Tesoura
- Pincel
- Fita fina ou linha
- Cola
- Contas
- Caneta

1º Passo

Recorte a figura um pouco menor do que a peça que irá usar. Para fazer isso, posicione a pecinha sobre o papel, trace seu contorno, depois recorte.

2º Passo

Passe uma camada fina de cola em um dos lados da peça. Cole a figura, depois passe outra camada sobre ela. Deixe secar.

Faça um colar em estilo rock, usando uma imagem de caveira e cordão preto.

3º Passo

Corte um pedaço de fita de 1 metro de comprimento. Passe cola na parte de baixo e nas laterais da peça e passe a fita ao redor dela.

4º Passo

Faça um nó na fita, no topo da peça, e passe algumas contas. Amarre as pontas da fita para fazer um colar.

Tênis personalizados

Use canetas metálicas para personalizar seus tênis. Com certeza você vai se destacar!

Você também pode usar canetinhas de cores variadas.

24

1º Passo

Limpe seus tênis com um pano velho, certificando-se de tirar toda a sujeira ou marcas.

2º Passo

Pratique seu desenho ou a estampa que fará em um papel. Formas grandes funcionam melhor. Tente letras maiores e mais largas ou espirais.

3º Passo

Esboce o desenho nos tênis. Passe a canetinha permanente por cima de sua estampa.

4º Passo

Você também pode desenhar sobre o contorno da sola. Quando terminar, experimente-os!

Estampas

Aprenda a estampar com uma técnica ao avesso, que dá um visual divertido para camisetas ou jeans.

1º Passo

Desenhe algumas estampas no papel autoadesivo, depois recorte.

2º Passo

Tire a película do papel e cole as estampas com cuidado sobre o jeans.

Crie um mundo submarino usando azul e verde.

3º Passo

Coloque um pouco da tinta para tecido num prato de papel. Passe a esponja na tinta e bata de leve ao redor do desenho. Deixe secar.

4º Passo

Com cuidado, retire o papel para ver sua estampa, depois, prove seu novo jeans!

Pingente de foto

Quem imaginaria que uma simples dobradiça de porta pudesse ser tão bonita? Você só precisa de papel de presente colorido e fita.

VOCÊ VAI PRECISAR DE:

- Dobradiça pequena (pode ser comprada em lojas de ferragens)
- Cordão ou fita
- Cartolina
- Papel de presente
- Tesoura
- Cola
- Foto pequena

1° Passo

Corte um pedaço de fita comprida o suficiente para dar a volta em seu pescoço. Passe-a pelo furo esquerdo da dobradiça.

2° Passo

Faça um nó, logo acima do furo, para prender a fita.

3º Passo

Recorte um pedaço de cartolina e de papel de presente um pouco menor que a dobradiça. Cole o papel na cartolina, depois, cole-os na dobradiça.

4º Passo

Recorte a foto do tamanho de outro pedaço de cartolina, que caiba na dobradiça, depois cole tudo.

5º Passo

Quando a cola estiver seca, amarre as pontas da fita para fazer um colar.

Por que não transformar seu pingente num **acessório para mochila**, prendendo-o num **chaveiro?**

Crie com estilo

Muitos dos projetos deste livro são perfeitos para atividades de recreação. Aí vão algumas ideias.

Páginas 6 e 18

Reunião divertida com os amigos

Para esse encontro, você pode fazer as meias tingidas ou as camisetas personalizadas. Compre pacotes de meias e camisetas baratas e forneça diversas cores para tingir. Você pode fazer as meias ou camisetas uma noite antes e deixá-las secar de um dia para outro, para que seus amigos possam levá-las para casa, ou usá-las no dia seguinte.

Páginas 8, 12 e 28

Lembrancinhas de festa

Pulseiras de contas e pingentes são ótimos para uma festa grande, pois os materiais são baratos e os projetos são fáceis para todo mundo fazer.

Pulseira da amizade

Para fazer essa divertida pulseira, dê a cada amigo um alfinete seguro para prender o nó na perna de suas calças e diversas cores de linha. No final da festa, os convidados podem trocar as pulseiras que fizeram.

Acessórios de festa

Peça aos seus convidados para trazerem uma camiseta velha para sua festa, para que vocês possam fazer cachecóis. Corte as camisetas e troque as tiras, assim todos terão um cachecol colorido.

O presente perfeito

Faça tênis personalizados como presente para o aniversariante. Todos podem assinar seus nomes, como lembrança.

Índice